外婆阿貝拉 的 禮物

文·圖 / 西西莉亞·瑞茲

譯 / 張淑瓊

*本書原文西班牙文的阿貝拉（Abuela）是祖母的意思。

阿ㄚ貝ㄅㄟˋ拉ㄌㄚ*不ㄅㄨˊ會ㄏㄨㄟˋ忘ㄨㄤˋ記ㄐㄧˋ妮ㄋㄧˊ娜ㄋㄚˋ出ㄔㄨ生ㄕㄥ的ㄉㄜ那ㄋㄚˋ一ㄧ天ㄊㄧㄢ。
那ㄋㄚˋ天ㄊㄧㄢ的ㄉㄜ天ㄊㄧㄢ空ㄎㄨㄥ好ㄏㄠˇ乾ㄍㄢ淨ㄐㄧㄥˋ， 街ㄐㄧㄝ道ㄉㄠˋ上ㄕㄤˋ也ㄧㄝˇ好ㄏㄠˇ安ㄢ靜ㄐㄧㄥˋ，
像ㄒㄧㄤˋ這ㄓㄜˋ樣ㄧㄤˋ的ㄉㄜ日ㄖˋ子ㄗˇ， 在ㄗㄞˋ墨ㄇㄛˋ西ㄒㄧ哥ㄍㄜ市ㄕˋ也ㄧㄝˇ很ㄏㄣˇ少ㄕㄠˇ見ㄐㄧㄢˋ。

阿貝拉第一次抱著妮娜的時候，
她的心裡充滿了溫柔。雖然妮娜可能不記得了，
但她應該可以感受到躺在阿貝拉手臂裡那分溫暖和愛。

妮娜和阿貝拉花好多時間在一起。
她們喜歡編一些好笑的歌亂唱一通。

她們喜歡手拉著手轉圈圈，
轉到頭都暈了。

阿貝拉喜歡教妮娜
怎麼做出
墨西哥傳統的剪紙拉旗。

雜貨店

"肉舖專賣店"

妮ㄋㄧˊ娜ㄋㄚˋ呢ㄋㄜ˙，她ㄊㄚ很ㄏㄣˇ愛ㄞˋ逗ㄉㄡˋ阿ㄚ貝ㄅㄟˋ拉ㄌㄚ笑ㄒㄧㄠˋ。

不ㄅㄨˋ過ㄍㄨㄛˋ，　她ㄊㄚ們ㄇㄣˊ最ㄗㄨㄟˋ喜ㄒㄧˇ歡ㄏㄨㄢ做ㄗㄨㄛˋ的ㄉㄜ，　是ㄕˋ一ㄧ些ㄒㄧㄝ很ㄏㄣˇ簡ㄐㄧㄢˇ單ㄉㄢ的ㄉㄜ事ㄕˋ情ㄑㄧㄥˊ，
每ㄇㄟˇ個ㄍㄜˋ星ㄒㄧㄥ期ㄑㄧˊ天ㄊㄧㄢ，　她ㄊㄚ們ㄇㄣˊ會ㄏㄨㄟˋ靜ㄐㄧㄥˋ靜ㄐㄧㄥˋ的ㄉㄜ坐ㄗㄨㄛˋ在ㄗㄞˋ公ㄍㄨㄥ園ㄩㄢˊ裡ㄌㄧˇ，
吃ㄔ著ㄓㄜ圓ㄩㄢˊ圓ㄩㄢˊ的ㄉㄜ甜ㄊㄧㄢˊ麵ㄇㄧㄢˋ包ㄅㄠ，　看ㄎㄢˋ著ㄓㄜ走ㄗㄡˇ來ㄌㄞˊ走ㄗㄡˇ去ㄑㄩˋ的ㄉㄜ人ㄖㄣˊ們ㄇㄣˊ。

有一天，阿貝拉有個想法。她想每個禮拜存 20 披索，等存夠了錢，她想給妮娜買一份特別的禮物。

也ㄧˇ許ㄒㄩˇ， 是ㄕˋ一ㄧ輛ㄌㄧㄤˋ腳ㄐㄧㄠˇ踏ㄊㄚˋ車ㄔㄜ，
讓ㄖㄤˋ妮ㄋㄧˊ娜ㄋㄚˋ可ㄎㄜˇ以ㄧˇ騎ㄑㄧˊ去ㄑㄩˋ上ㄕㄤˋ學ㄒㄩㄝˊ。

也ㄧˇ許ㄒㄩˇ， 是ㄕˋ一ㄧ隻ㄓ小ㄒㄧㄠˇ狗ㄍㄡˇ，
可ㄎㄜˇ以ㄧˇ陪ㄆㄟˊ妮ㄋㄧˊ娜ㄋㄚˋ玩ㄨㄢˊ。

也ㄧˇ許ㄒㄩˇ， 阿ㄚ貝ㄅㄟˋ拉ㄌㄚ可ㄎㄜˇ以ㄧˇ帶ㄉㄞˋ妮ㄋㄧˊ娜ㄋㄚˋ去ㄑㄩˋ從ㄘㄨㄥˊ來ㄌㄞˊ沒ㄇㄟˊ去ㄑㄩˋ過ㄍㄨㄛˋ的ㄉㄜ˙海ㄏㄞˇ邊ㄅㄧㄢ。

阿貝拉真的就開始行動了。
每個禮拜五工作結束之後，
她就會丟一些披索到她的祕密罐子裡。

時間一天天過去，妮娜長大了，阿貝拉更老了。
在墨西哥生活越來越辛苦。

東西的價格越賣越貴，
人們又餓又沮喪。

阿貝拉的日子也更困難了。
她已經有一個禮拜，
沒有多餘的披索
可以放進祕密罐子裡了。

墨西哥銀行

不久，政府又更改了貨幣制度，
人們必須把他們手上的舊鈔票拿去換成新的鈔票。
舊的紙鈔無法再使用了。

還有一件事情也改變了， 妮娜放學後會跟朋友
玩在一起， 她不像以前那麼常來看阿貝拉。

阿貝拉得比平常更努力工作， 她總是很累。

阿貝拉和妮娜並不是不相愛，

只是， 事情有時候就是會變成這樣。

有一天，妮娜想起她好久沒去看阿貝拉了，
她決定去阿貝拉家一趟。

她到的時候，阿貝拉不在。
房子裡看起來有點沉重又滿是灰塵。
「我知道了，」妮娜想，「我可以給阿貝拉一點驚喜」。

「等阿貝拉回來的時候，
這裡就會乾淨又整齊。」
妮娜心想。

打掃的時候，妮娜注意到一個被藏起來的罐子，
裡面滿滿都是舊的披索。
「喔，糟糕！」妮娜想，「這些全都不能用了。」

當ㄉㄤ阿ㄚ貝ㄅㄟ拉ㄌㄚ回ㄏㄨㄟ來ㄌㄞ看ㄎㄢ到ㄉㄠ妮ㄋㄧ娜ㄋㄚ的ㄉㄜ時ㄕ候ㄏㄡ，
她ㄊㄚ的ㄉㄜ心ㄒㄧㄣ裡ㄌㄧ又ㄧㄡ充ㄔㄨㄥ滿ㄇㄢ了ㄌㄜ溫ㄨㄣ柔ㄖㄡ。
「妮ㄋㄧ娜ㄋㄚ，」阿ㄚ貝ㄅㄟ拉ㄌㄚ說ㄕㄨㄛ：「真ㄓㄣ高ㄍㄠ興ㄒㄧㄥ見ㄐㄧㄢ到ㄉㄠ你ㄋㄧ！哇ㄨㄚ！
看ㄎㄢ看ㄎㄢ我ㄨㄛ的ㄉㄜ廚ㄔㄨ房ㄈㄤ變ㄅㄧㄢ得ㄉㄜ多ㄉㄨㄛ不ㄅㄨ一ㄧ樣ㄧㄤ！」

「我想幫你做點什麼！」妮娜說。
「你看，我還找到這個！」

阿ㄚ貝ㄅㄟ拉ㄌㄚ傷ㄕㄤ心ㄒㄧㄣ的ㄉㄜ說ㄕㄨㄛ：「我ㄨㄛ想ㄒㄧㄤ買ㄇㄞ個ㄍㄜ特ㄊㄜ別ㄅㄧㄝ的ㄉㄜ禮ㄌㄧ物ㄨ給ㄍㄟ你ㄋㄧ，
但ㄉㄢ是ㄕ我ㄨㄛ忘ㄨㄤ了ㄌㄜ把ㄅㄚ錢ㄑㄧㄢ存ㄘㄨㄣ到ㄉㄠ哪ㄋㄚ兒ㄦ去ㄑㄩ了ㄌㄜ！
現ㄒㄧㄢ在ㄗㄞ這ㄓㄜ些ㄒㄧㄝ鈔ㄔㄠ票ㄆㄧㄠ都ㄉㄡ不ㄅㄨ值ㄓ錢ㄑㄧㄢ了ㄌㄜ！」
「沒ㄇㄟ關ㄍㄨㄢ係ㄒㄧ的ㄉㄜ，」妮ㄋㄧ娜ㄋㄚ說ㄕㄨㄛ，「我ㄨㄛ有ㄧㄡ個ㄍㄜ好ㄏㄠ主ㄓㄨ意ㄧ！」

妮娜和阿貝拉用那些舊的鈔票，
做了好多超級漂亮的剪紙拉旗。

接下來的那個禮拜天，
阿貝拉和妮娜一起到公園，
她們吃著圓圓的甜麵包，看著走來走去的人們。
這些還是她們最愛一起做的事！

獻給我愛的家人

繪本 0252

外婆阿貝拉的禮物

文·圖｜西西莉亞·瑞茲　　譯者｜張淑瓊

責任編輯｜張佑旭　美術設計｜王慧雯　行銷企劃｜陳詩茵
發行人｜殷允芃　創辦人兼執行長｜何琦瑜　總經理｜袁慧芬
副總經理｜林彥傑　副總監｜黃雅妮　版權專員｜何晨瑋、黃微真

出版者｜親子天下股份有限公司　地址｜台北市 104 建國北路一段 96 號 11 樓
電話｜（02）2509-2800　傳真｜（02）2509-2462　網址｜www.parenting.com.tw
讀者服務專線｜（02）2662-0332　週一～週五：09:00~17:30
傳真｜（02）2662-6048　客服信箱｜bill@service.cw.com.tw
法律顧問｜台英國際商務法律事務所·羅明通律師
總經銷｜大和圖書有限公司　電話：（02）8990-2588

出版日期｜2020 年 8 月第一版第一次印行
定價｜320 元　書號｜BKKP0252P　ISBN｜978-957-503-641-6（精裝）

───── 訂購服務 ─────
親子天下 Shopping｜shopping.parenting.com.tw
海外·大量訂購｜parenting@service.cw.com.tw
書香花園｜台北市建國北路二段 6 巷 11 號　電話（02）2506-1635
劃撥帳號｜50331356　親子天下股份有限公司

立即購買 >